结霜的树

杨吉军　著

南方出版社 · 海口

图书在版编目（ＣＩＰ）数据

结霜的树 / 杨吉军著 . –– 海口 : 南方出版社，
2023.11
ISBN 978–7–5501–8694–1

Ⅰ . ①结… Ⅱ . ①杨… Ⅲ . ①诗集 – 中国 – 当代
Ⅳ . ① I227

中国国家版本馆 CIP 数据核字 (2023) 第 209627 号

结霜的树

JIESHUANG DE SHU

杨吉军 | 著

责任编辑	杨　乐	
装帧设计	长淮诗润文化传媒	
出版发行	南方出版社	
邮政编码	570208	
社　　址	海南省海口市和平大道 70 号	
电　　话	（0898）66160822	
传　　真	（0898）66160830	
印　　刷	三河市嵩川印刷有限公司	
开　　本	880mm×1230mm 1/32	
印　　张	7.25	
字　　数	123 千字	
版　　次	2023 年 11 月第 1 版	
印　　次	2024 年 01 月第 1 次印刷	
定　　价	58.00 元	

序

杨 四 平

　　在我看来，杨吉军是建立起自己"关怀诗学"的诗人，他真正将关怀上升至生命存在的高度，字里行间总有一抹对终极宿命的同情与酸楚。也正是因为关怀的需要，杨吉军的诗歌不刻意使用晦涩和变形的语法，反倒像去探望历经世事的老人，用真挚的语言去发现、记录和挽救。

　　《结霜的树》是一首关于"忍受"的诗，开头写道："我们先是挑些能晃动的小树 / 让霜花落在头顶，落在睫毛上。"出场的"我们"做出晃树的动作，使树上的"霜花"转落到人身上。人与树都在用自己的躯体承接"霜花"，区别在于：对人而言，"让霜花落在头顶"是一项主动的审美活动，带来的是"人类的快乐"；对树而言，霜降是自然铁律的降临，树"也许忍着哭"，或是"想到跑"。因此，相比于中性的"承接"，"忍受"一词无疑能更准确地形容树的生存境况。诗人为这种"忍受"提供了释放的可能。在最后的场景中，树在"颤抖"，霜在"崩落"，"噼里啪啦"的声音正是在清空自己。物理现象被诗人注入了生命的意志，"忍受"的主体也由此获得了释放重负的契机。事实上，假如把"结霜的树"视为对人的隐喻，那么杨吉军的关怀对象就十分清晰了：他人眼中构不成苦难的事件，或许是另一些人艰难忍受的重担；那些"结霜"的树和人，并不会永远忍受，或许能等到机会将负担统统卸下。一般认为，植物与人的区别要远远大于动物与人，那么人与人之间呢？当辨析差异的任务交予诗人，《结霜的树》就是一种答案。

有些时候，杨吉军的关怀会从边缘出发，比如说《麦秸垛》。与饱满的"麦穗"相比，"麦秸垛"是收获后的剩余，属于典型的边缘意象。关于它的特性，诗人用"矮""旧""没人理睬"等等词语来形容。令人震惊的是，一旦按照这些特性筛选人类社会中的角色，"孤寡老人"几乎符合每一条。也就是说，"麦秸垛"隐喻着"孤寡老人"，杨吉军的关怀已踏入家庭伦理的领域。"碍碍事也好啊／它知道的事情有点太多了"近乎玩笑的恳请，却饱含无比的深情。在中国传统的家庭伦理中，"生儿育女"的优先级长期排在首位。当儿女成家立业，老人也会逐渐面临身体的衰老和不便，"不碍事"转而成为最高优先，这就是老人在人生末端给子女最后的、最深沉的爱。杨吉军

2

的"关怀诗学"就这样进入到每一个中国家庭中，它会唤出每一个读者的子女身份，提醒他们去看望，或是想念。

读杨吉军的《画中》，似乎能读出《聊斋志异》般的奇幻和怪诞。整首诗建立在这么几组关系之上："她"是被画之人，"他"是画"她"的人；"她"在画中，"他"在画外；"她"正值妙龄，"他"起码六十；"她"走出画，"他"不在家。一切都是错位的，包括身份、时间和空间，诗的戏剧性由此凸显。最奇幻的举动是"她"走出画来，然后"叶子"落了，"画布"皱了。画上的内容出走，承载内容的媒介也随之损坏。杨吉军关怀画中人，赋予"她"能动性，使"她"打破画中凝固的时间，并且解开画作的形式束缚，这首诗的动人之处正在于此。

论及"鸟类的观看方式"，美国诗人华莱士·史蒂文斯几乎化身为一道门槛，后续诗人对此类题材的触碰无疑需要一些勇气。在《两只鹤》的前半部分，杨吉军的观看集中于"鹤"的举止姿态，展现"鹤"在场时的优雅。然而，诗人的观看在后半部分悄然失效，"你可能一连几天找不见它们／但能感觉到它们就在附近"。可以发现，"鹤"从"在场"的被观看转换为"缺席"的被"感觉"，目的是为了引出"鹤"的神话属性——"看护"村庄。这种转换打破了常规的观看视角，立竿见影地使诗暗流涌动。

"也许你觉得这里与世隔绝得还不够 / 那是因为没有吹上一个早晨"，《那是因为没有吹上一个早晨》能够证明：杨吉军是偏爱早晨的诗人。"与世隔绝"让人立刻想到梦幻般的桃花源，"一个早晨"是时间的计量单位，也是诗人通往桃花源的秘密途径。此外，这首诗还将人的主体性拔至顶点，"是唯一高地"，能"把大海抱在了怀里"，一旦"站直"就是"孤独的王"。在这种超验性的场景中，人如同田纳西的瓦罐，成为了秩序的绝对中心。

读《一个稀松平常的早晨》前两句，会下意识地认为全诗将描绘日常生活的幸福和满足，走向类似于米沃什的名篇《礼物》。然而，杨吉军很快将注意力移到院子里的不和谐之处，写"拱起的树根"和造成的"一道隐隐的裂纹"，并收尾于整个早晨"锯树的声音"。这首诗澄清了一对词语，"养护"和"砍伐"并不总是矛盾，反而存在一种辩证关系。从某种意义上说，"养护"需要剪去不规则的、超出常规的部分，不得不借助"砍伐"动作；"砍伐"过头就是一种破坏，只有保持自身的节制，才能控制在有益的"养护"范围内。杨吉军所传达的，不仅是一种诗学观念，更是生活的大智慧。

《谁没荒透就抱住谁》是利用动作生成诗意的绝

佳例子。通读全诗，所有动作都是能轻松完成的基础动作，比如说"走""推""坐""伸""枕""抱"。如此选取是饶有深意的，在如今的工业时代，人与自然的原始交互显得弥足珍贵，甚至能带来净化和疗救。"谁没荒透就抱住谁"，在不分彼此的拥抱中，人与自然的关系、人与人的关系，都重新回到了巴别塔修建以前。

《一个地方呆久了》是一首富含生活哲理的诗。杨吉军深知"木桶"浮沉的物理特性，将其置于"淤泥"中考量，使其不能"漂浮"，只能"下陷"。诗人从生活经验中找出了解决方法，"所以过一会就要给它换个地方/以免陷得太深"。其中的道理发人深省：如果无法改变环境，那起码也要在有限的范围内"挪挪自己"，以免慢性死亡。随后，诗中写道："不一定是土，但就有什么来埋我们。"含糊和肯定，两种语气相继出现。"不一定"带来的含糊能激起更多的危机想象，而"有什么"的肯定则坚定地发出了预警，杨吉军的关怀有时也能发挥出警示作用。

"掌灯"究竟意味什么？杨吉军的《掌灯》主要探讨了这一问题。随着"今夜""明晚""今生"三个时间提示词的递进，"掌灯"的意味也随之变化。首先，"掌灯"意味着人为扰乱黑夜的秩序，因此"今夜不需要"，"万物"得以安睡。其次，"掌灯"意

序
◆

5

味着占用双手，因此"明晚不需要"，"我"才能腾出手翻墙。最后，"掌灯"意味着照亮，而照亮会提供精神力量，因此"今生只要一次"，可用于抵挡"此时的黑暗"。诗的结尾，灯源亮度被调大、距离被拉近，诗人恳请"掌灯"的人，"不要盯住我的脸"，而是"记住来人"。根据近大远小的物理规则，"我的脸"是近处的、局部的、表面的，而"来人"是远处的、整体的，并通过回忆得到完形的。因此，"掌灯"意味着会发展出两种摄取物象的方法论，诗人显然倾向于后者。事实上，杨吉军的确实践了这一点，在回忆的维度中系统地抓取事物。

总而言之，杨吉军的"关怀诗学"以人道主义为核心，善于用自然意象隐喻人类的生存境况，并能在物理学、伦理学等不同学科的加持中获得惊人的情感准度、深度和力度，这种能力在当代诗坛是少见的。

【杨四平，上海外国语大学教授、博士生导师，出版《中国新诗理论批评史论》《跨文化的对话与想象》等14部著作，主编《福尔摩斯探案全集》60册、"中外现代诗名家集萃"20种等，获第九届中国文联文艺评论奖和第七届"啄木鸟杯"中国文艺评论优秀作品奖、"中国十大新锐诗歌批评家"称号等。】

目 录

1

目录
◆

第一辑

结霜的树

结霜的树

我们先是挑些能晃动的小树
让霜花落在头顶，落在睫毛上

这种快乐是人类的快乐
也许树们忍着哭

当霜从伸得最长的枝条开始
不可能没有一枝想到跑

那时我们还围着火炉，或者在大雪的梦中
它们有的就咬破了嘴唇

它们要忍的，不是冷
是得不到温暖

如果有一棵很独特
那是它实在没能忍住

而我们不可能摇晃每一棵树
当我们转身走出树林

2

那些没被晃过的树，它们自己颤抖
那些霜，自己崩落

这个早晨，整个林子都是噼里啪啦
摔碎在地上的声音。那纷纷腾起的雾

3

梆子

又传来梆子声了
总得有什么来拎一拎沉底的灵魂

尤其是从大雾中传来
那令人愉悦的通透

在大雾中它暗自加力
那辛酸

你应该记得那一个个冬天
幸福就是把手冻得通红

穷人的日子有什么可规划的呢
幸福就是临时起意

那梆子声一停顿
就说明出现了第一个端着豆子的人

再穷的人也会有几捧豆子
可以交换

而今天早晨它一直在敲
是什么使它久久没有得到确认

第一辑　结霜的树
◆

雨中的马

昏暗的灯光像一个昏暗的梦
一匹马淋着细密的雨

不知道已经淋了多长时间
它扬了两下脖子

然后就把头埋下去
打着响鼻像叹气

也许它不认为自己应该躲避
耳朵始终耷拉着

而你打量它的时候
它四腿叉开

它那样站定
然后剧烈地抖动身子

顷刻就抖落了所有的雨水
它从来不责怪你

6

它湖水一样的眼神
又一次向你发出邀请

冬天的苇子地

终于可以向远处瞭望了
终于可以点上一支烟

不是风可以吹低的芦苇被一车车地拉走
它们高出你一头

于是露出被滞留在马蹄窝里的潮水
露出两条黑暗的沟渠

现在可以大踏步地行走了。你夏天就来到这里
却没能在这里生活

现在整个的苇子地都属于你
只有你能够给狐狸下夹子

而割得平平整整的苇子地为什么留下了一棵
它本是根生的

它为什么那么像潜望镜
它为什么系着一根红布条

8

秘密全在沟渠里

天色比往常要暗。那是因为要下雨
而还没有开始

这里的苇子比雨更密集
没有强硬的阻拦，走进去也并不容易

这里不同于矮草的旷野
有来路，也有去处

更没有一块空地
可以安置你

苇子地被苇子占满了。野兔无法穿行
阳光也投射不进去

别看阳光投射不进去
这里没有秘密

如果有，那都在那条寂寞的沟渠
那里常年存着一些水

那里忽明忽暗，一只灰色的大鸟守着
似乎守着一艘隐蔽的潜水艇

剥棉桃

不点灯，并不表示
对天黑这件事的不认同

天该怎么黑就怎么黑
她只管剥她的桃子

这没有抗争的意味
这确实是闭着眼也能干的事情

而潮汐却很无奈，将一个个水沟灌满
看着一刻也不停息，却再也涨不动

今夜她不做声
今夜她把它放在一边

等她站起来拉开窗帘，天就亮了
即使星星还没有完全退隐

没开灯，为什么拉上了窗帘呢
难道就是为了也可以宣布提前

11

这些直到入冬也没打开的棉花桃子
有着坚硬的壳，本应软绵绵的絮

够她剥上一个夜晚
也够她剥上一个冬天

孤坟

只有知道的人才知道
那片荒地的一个土堆。第一年是新的

没有墓碑，也无人添土
一个流落的人挤不进村里的墓地

而越接近坟头的荒草越茂盛
不离不弃地看护

怎么能让雨水冲没呢
终于有一块高地，可以围着

多少年没人谈论过它
谈，也不知道从何谈起

而它周边的荒地已经种上庄稼
这片荒地比别的荒地要硬气

稻草人

田野就空了
随着最后一辆马车的离开

掉落的高粱叶子被风刮着，游魂一般
你一个人发呆

你本草木
传达人间的讯息，向着自然界

该做点什么呢？冬天要来
冰雪要来

而那只不一样的麻雀还回不回来
它在你的身上种下一粒种子

明年怎么办呢
你有了一颗金子般的心

火堆

不仅仅是驱赶可能的野兽
不仅仅是御寒

你一个人在旷野。也许是虚弱的时刻
那轮番袭来的恓惶

于是你钻木取火，手心搓出血
于是你吹大火苗，倾尽一生的专注

你四处寻找柴禾，所有的角落得到肃清
除了一个地方你刻意回避

世界应该给你奖赏。你烧纸给自己的荒凉
今晚你是这一带的帝王

火越烧越旺。结果你睡着了
梦见漫天的大雪扑向炉膛

而你不知道那堆火自己燃烧得有多精彩
仿佛围着一群跳舞的印第安人

旋风

那种最小的，方圆的十厘米
在墙角打转

哪阵风的阵仗遗下它
像个小兽

这里嗅嗅
那里嗅嗅

探望谁？谁的亡魂？扒着门缝
而不拍响

寻觅什么？谁的今生？围着树转
而不晃动

没有一点声响地掠过街衢
捏着一点沙，贴着地皮

就急匆匆地走了
仿佛听闻了集合的哨音

一曲

现在弹上一曲
从肋骨开始

那里离心跳最近
那里最整齐

而现在不能。你的指尖
刚刚触及它的脚掌

那里正好三寸，可以驻足
也可以抱住大腿，不咸不淡地哼唧两声

而你不是它的候鸟
清晨翻身上马，傍晚支起帐篷

即使在不远处向它喊话，它听见了
它不应声

所以，不要躬着身子
你迷人的手指要直奔主题

17

你似乎收放自如，就像手电筒里的光
而它的乳房已经荒凉

经过

会有几日的盘桓
为你的麦子地所吸引

会点燃几盏青灯。它们的走动
推迟了暮色

会留下几根羽毛
标注寒凉和温暖

它们会再次起飞。无所谓道路
只按内心的方向

它们会越飞越高。那偶尔的穿越时空的鸣叫
对飞的姿势和队形进行了确认

它们会在另一个村庄降低高度
那不被天空溶解的超低空

你被它们所感动。你经过的这个世界
正给出强烈的信号

19

第二辑｜麦秸垛

出行

我像围坐的人群一样
像剧中人一样，正深陷于剧情

而你拉起我的手
离开这露天的电影

我们走出村子。街上空无一人
我们沿着河边，从河上抄了近路

又围着小树林，转了三圈
第三圈经过了墓园

就听到咣当咣当的关门声
有的慌张，有的迟疑

有一扇，是敞开的
如果不是空着的，那一定是走得太远

然后我们回来。我的座位上坐着一个
分明就是我的人

我手上拎着的风衣

他已穿在身上

墓前

狂野的雪。曾经把大海下满
把天空下塌

而在这里。再气贯长虹
那些大大小小的坟头也得绕行

整整两天。天和地下到了一起
那些高高低低还是无法下平

尽管什么也不拒绝，什么都接着
别的地方有什么过不去的

都可以挖个坑。而这里
开个穴就要用一生填充

小的不能厚，大的不能薄
就下得越来越均匀，越来越仔细

而老村长的墓前
还是积得更深

24

四野

那么空。空无一人，空无一物
比起来，天空不算空

空得没有心跳，空得丧失呼吸
就像有一个巨大的漏斗

就是四野，就是那种空
也在被疾速地漏走

而你不是访客，也不是主人
不是剧中，也不是看台。什么也不是

就一个劲地空。身体空，心里也空
从里空到外，从黑空到白

空得一切都是虚构的。虚构也站不住
你曾经铁一样的存在，现在经不住推敲

现在就要空没了。没有树可以抱，抱住也没用
唯一可试的，赶紧抱住那种空，那身空衣服

咸菜缸里

一个地方很少说起
死一样沉寂。很少死到这个程度

再大的风也掀不起波澜。掀起过的
都被捂得没了气息

再猛烈的阳光也不能令它翻身。光明的肋骨上
只能剔下黑暗

再偶然的雨滴也滴不进去。滴进去的
即刻被淹死

并不是说这就有多么悲戚
它只是拥有沉默的权利

美妙的时光还不够透彻
腌制着惊涛，也腌制着闪电

石榴

在静静的庭院里，你听到大海
慢慢上升。它一再压低

而一道道隐秘的海沟被填平
听到一只麻雀，从房檐下飞出

抹上那条缝。一只鸟的一生
不能没有几次夜行，就像你的桌子腿

总要翘几回。它翘的时候你要拿起笔
把你生命的白纸铺开。它已经发黄，已经卷边

你要知道门前的石榴已经红了
不能红得太久

它要裂开
愈合这个世界

麦秸垛

越来越矮了。就像那个坟头
多年没人添土

越来越旧了。不像旧棉袄
可以反穿

没人理睬它。除了那个流浪汉
有几天在那里取暖

它何尝不是流浪呢。老朽的身子骨
在岁月里动动地方

没有谁真正去动它。在不碍事的村边
冷眼注视着村庄

碍碍事也好啊
它知道的事情有点太多了

烟囱

别着弯刀的人，可曾舔过刀口
你在锅底炼铁，向天空搭起凉棚

我们从出生就走向死亡，有模有样
可谁敢不给黑暗留条活路

没谁知道那段黑了。别看冒出的是白烟
只有秤砣和它有过接触

也没谁知道那种寂寞
一百年了吧？还没接住一粒雪

而你也有了另一种可能。突突的黑里
扑棱棱地飞出一只野鸽子

潜藏得这么深，熏出窍的灵魂
你蹲在房顶抽旱烟

大树

其实没有那么老朽，如果不是香火的供奉
本来更加流光溢彩，如果不是太阳隐晦的眼神

这棵树有许多传说。比如哪个朝代哪个人
反正记忆中就那么粗

比如它一瞬金光闪闪，星空顿时黯淡
被一个夜游的人看见

比如一只大鹏鸟，那鸣叫令人胆寒
至今迷失在它的枝叶间

而每年的那一天，都有一个人
他含着泪。擦拭枝干，如同擦拭王冠

没人问过他，他是不是来自高原地带的一座山
在群山当中并不起眼

孤单

像一只不安分的麻雀
蹦跳出啄食草籽的鸟群

像一根寂寞的树枝
斜出得更远

而鸟群多孤单，被雪覆盖的大地
只化了一小片

而树林多孤单，脸对脸，比着高
比着，抱团而不抱紧

而露水打闪。你远离的人群
有的在生火

有的在热烈地交谈。你系好衣扣
回到他们中间

沙

暗暗流动。一个一个沙丘
变幻阵型

暗暗流动。一层一层，没过城墙
没过你的头顶

而有一粒，暗暗进到你的眼里。明摆着
你得流泪，你得揉

对于沙子，这是你唯一
不能容忍的方式

一粒没去埋没真相的沙子。沉得再深
也得浮出水面

我们悄悄地活在这个世界上。谁把它硌疼
谁就要经受清洗

然后

死亡是容易的
难的是保守住死的秘密

死亡是容易的
难的是还要忍住悲伤地死

你看那棵树。根已腐朽
枝头还很繁茂

是不舍？它已唱着别的山头的歌
是恐惧？它保持着笑意

显然都不是。它是在等一个季节，顺势凋敝
并且不再醒来

就如世界先吹灭了你
然后，让你再燃烧一刻钟

打兔子的人

搜寻还是追踪？从多远的荒野走成队形
现在逼近村庄

何时出发？可有回返的约定
来到这里已是傍晚

他们三个人，排成一排，齐步向前
大概相距三十米远

他们穿着蓝棉袄，像是统一的制式
一边挎着火药和砂子

水和干粮挎在另一边。他们大踏步地蹚
蹚黑了夕阳的脸

而我尽量显眼地站在沟渠的上沿
怕忽然惊到他们，又怕他们看不见

那误伤，那走火和流弹
那土枪的一打一大片

那互不相识的三个人
今晚解散不解散

磨刀的人

他石头一样硬的腰杆还是弯了
这温和的岁月

他的磨刀石也越来越薄
中间最薄。那里用力更多一些

他轻推重拉，角度凭着感觉
不用找。他保持着

这本是硬碰硬的活，他用蘸水说软话
那娴熟的一撩

他用大拇指摸试刀锋，至多再磨一下
那磨的象征性

很少，他眯起眼睛
那照量，那精钢闪烁的一条缝

那一刻。一种潜伏用死才能激活
他和他的世界对了眼神

第三辑

画 中

电话亭

那个背对你的人是谁
双手捧着听筒

是在倾诉还是在回答
一块锈透的铁令打铁人敬畏

商店关门了，铁匠铺的炉火也凉了
值守这个世界的电话亭

这铁打的营盘出走了多少肉身
和世界的对话什么时候直接而平静

而另一端的哗哗的雨声令他战栗
而他还有一肚子的硬币

都什么时候了。桃花都开了
他还穿着军大衣

看黄河入海

没有敲门的砖头
已经推开

大海迎上来
提着拦门沙，提着门槛

它们拥抱。看上去恻恻缠绵
巨大的发生在进行

黄河没有改变大海的颜色
但已注入

一旦注入，就不停地注入
它可不是一辆空车

大海彻夜不眠
高原还在驱赶

给黑暗解锁

我在夜晚翻地。那块地在庄稼地中间
荒了三十年

三十年没有翻晒过。黑暗和寒湿的积攒
荒草也开始长得艰难

我在白天翻过。没有什么要铲除的
只是释放黑暗

而每一铁锹下去，它们仅仅一闪
最微弱的黑色的闪

就被光明融化，就像一粒木屑丢进钢炉
灰都留不下

所以换做夜晚
它们跑出来，像羔羊回到羊群

影子

有一天面对了面
先是疑虑

然后紧紧地抱在一起
是它消失了的，唯一方式

亡人

第二壶水还没有烧开
头一壶已经凉了

也许你已失明
十年前的一个眼神我刚刚领会

也许你已故去
死讯还没传来

就像我们现在看到的星光
星体已湮灭在一千万年前

就像我们现在只有肉体还活着
因为灵魂走得更快

现在我试着给你写信
用白纸把它拽回

山羊

现杀现卖的肉摊旁
一只瘦瘦的黑山羊

铁钩子上悬挂的肉越来越少
它被越来越多地打量

它朝着人群咩咩地叫
好像有它认识的

它偶尔挣挣拴在脖子上的绳子
很快就放弃尝试

它空茫地望向远方
又低下头，落寞地嗅嗅脚下的泥土

喧闹的市场上，一只安静的黑山羊
它本善于蹦跳和易怒

傍晚

天已擦黑。也是预料之中的
一群麻雀从我经过的树林里

从看不清楚的树枝
扑棱棱地，四处飞散

带来微小而短暂的
不被村庄觉察的混乱

我不知道，它们飞走多远
是单个的，零零散散地回来

还是在一个地方重新集结
唰的一声，齐刷刷地

准确地落入林子，以一个漂亮的弧线
然后了无声息

像往常
像白天看到的那样

拾荒的人

他常年一个人在荒滩上转悠
如果是两个，那就显得一个多余

最初他背着鱼鳞袋子
现在推着独轮车

他的自留地早就荒了
比起这里当然荒得不够

这些年他依然很穷
活着，全靠大海的接济

他不割苇子，也不下铁夹子
而整个荒地陪着小心

不是不想把他收了
他身上的烟火气太重

特别是深秋之后。天干物燥
他揣着火种

荒野里的一片玉米

在庄稼中算是有筋骨的
却不能长得太粗壮，也不敢

在十万亩的荒野中抠出三分
荒野还不知道

知道了
也还没有点头

荒野向四面八方荒着
这里一小块黑影

不是所有的泥土都可以扎根
玉米收着长

开阔的荒野本来没有什么藏着掖着的
玉米小心翼翼

在这样的荒野里种出庄稼很不容易
你挂着锄头守着

那架势无疑是说：要荒它
除非从我身上荒过去

結霜的樹

画中

正值妙龄。五十年了
她一直站在一棵山楂树下

而那个画她的人越来越慈祥
目光曾经很火辣

怕是等不及了。现在她要下来
安慰他

或者把他带回画里
侍奉他

而当她走下来。身后的树叶来不及变黄
就簌簌地落了

画布也瞬间皱了
有着一颗少女的心

她回不去了
而那天他不在家

态度

杀猪总是引来围观
它挣扎，嚎叫

直到流净最后一滴血
才可能给它松绑

而那只羊。只是挣了挣牵它的绳子
就顺从下来

它已表明了态度。剩下的时间
都是告别的时间

起身

它自己回来了
你已放弃了找寻

那年把它弄丢了
其实是它自己出走

它径直向你走来
当你一按扶手

而它站住了
作为衣服，你曾是它的标配

作为衣服，你曾经有太强的控制欲
现在你坐在那里，别动

你熟悉它的气息
而它要仔细辨认

第四辑 两只鹤

如影

曾经一条河跟着你。你扛着铁锨走
它跟你翻过沟渠

曾经一块庄稼地跟着你。你走到哪里
就在哪里接受打理

现在是一片荒草。你甩开二十里
它呼啦一下子

距你三尺。然后慢慢地
洇向你的脚底

而你的影子
不再跟随你

当然不是背弃你
这么多年了

它只是开始有了自己的想法
并且比你先到了那里

其它的地方都结了冰

两只野鸭子混在一群水鸡中间
在水边围成一圈

那是湖中仅有的一片水
其它的地方都结了冰

这样一片水，两只野鸭子不可能护住
即使划个不停

而水鸡就不同。它们为数众多
可以轮番下去扎猛子

在水鸡中难以分辨两只野鸭子
无论是在水里浮着，还是蹲在冰上

其实找出它们也很容易
当你靠近

水鸡们一溜小跑
野鸭子直接起飞

53

黄河岸边

不要在落日下梳头
不要在黄河水里照镜子

你把自己投进去
它不接住。接住也不给你回声

就像先推开门的另一个人
被枪口抵住前胸

你本来是想看个究竟
不小心就弄丢了魂

虽然流水不能带走一切。流水带不走的
泥沙挟裹

你下意识地摸摸口袋
钥匙还在

你要么转动锁芯
确认一扇不用敲的门

要么找一个光亮的水面
赶紧把影子找回

第四辑　两只鹤

◆

55

遇上一个人

究竟是不是这个人
前两天发现了陌生的脚印

当你正穿过荒地，走向海边
他向你而来

这里人迹罕至
还能冲着谁

要说是进入了你的领地
他似乎走得比你还要远，还要深

而这里根本没有路，即使有
也不可能两个人并肩走

看来这是相逢
而非偶遇

就这样，谁也没有发出询问
谁也没有直视谁

仅仅隔着一条沟渠，扛了一下肩膀

然后谁也没有回头

牧羊

你牧羊，而你没有牧场
没有一块自己的地，可以撂荒

在别人的田间
别人的地头上

而羊群不需要大面积
在这小地方，还一个劲地往一堆拱

而盐在盐里沾了咸味
羊在羊群中获得了安全

你在世界的夹缝里看似不容易
其实弯曲的道路像绸缎，想舒展就舒展

一个用舀子喝水的人
举起高脚杯

荒地需要安慰

这不是抒情的所在
即使大风停下来

荒草连着荒草，一直荒向天际
荒出了荒地该有的样子

无疑，你是孤独的
却如一滴水见到了大海

这片荒地比你孤独一万倍
你以为它什么都能承载

你本意找到爱
它又让你荒凉了十分

而它不在乎你投海
更不在乎你在海边站一会

你可以跟随它一起孤独
和荒草一起起伏

59

也可以改变主意

荒地需要安慰

马蹄窝里的水

再小的坑也会存下水
只要一颗寂寞的心

而这不是一般的水洼。没有一只兽
会试着尝它

吹拂大海，吹拂湖泊的风吹不到它
大把大把的星光投射不到它

其实它也没有荡漾的容量
更谈不上对舰船的幻想

而就要晒干。它用只有盐碱地才知道的苦涩
多坚持了好多天

它不知道还能去哪里等
一匹马曾在这里疾驰而过，蹄印陷得深

它以为它还会再来。那只有力的铁掌
会溅起远远的泥点

61

鹌鹑

在荒郊，贫瘠得露出地皮。茅草都很稀
都很矮，兔子都无法藏身

只有鹌鹑。会突然飞出来
几乎贴着地，落入十米之外

你很难找到它的窝。除非偶然碰到
搭建的那一撮草

而风没有刮走过，雨没有淹没过
雪，没有填满过

两枚鹌鹑蛋使它
具备了家的一切

这里。不是鹤可以居高临下
不是麻雀可以偷偷摸摸

秃尾巴的鹌鹑不仅仅在这里生活
也标记了精神的领地

别看它没有尾巴

它很高调

骨头

特别是老骨头
就是硬气

可不是碰瓷的。没有结成晶
也没那么容易碎

更不是反咬一口。有牙的时候
也没去抱岁月的大腿

架子不是说散就散的。每一条缝里
都顶上了风湿和寒气

要什么底火呢？只要足够的碰撞
那是闪电和霹雳的负极

被世界挤兑了一辈子
到了敲打世界的时候了

寸铁

一个婴儿的出生
令人大吃一惊

他捏着一点铁。是来自石器时代
穿越了青铜

还是铁器时代
证明身份

是加强防卫
还是复仇

他和别的孩子相比有许多不同
每种不同都有着深刻的含义

这个孩子，这个家庭
有些背景

65

空房间

你的所谓空房间，就是没有占满
就是没有摆放家具和日常

而墙上。挂着镰刀，和镰刀上的豁口
挂着筛子，和筛子底上的洞

挂着一杆秤，和秤杆上没有了的星星
挂着一盏煤油灯，和灯下的黑影

只有水缸立在门后，冒着寒气
只有铡刀立在墙角，不适合挂的重量级

嘘。小点声
不显眼的地方还挂着一个人的相框

挂着的肯定还有哪句话，哪段过往和展望
要不这样满满当当

你的心真小啊，它们都在墙上
你的心真大，已经放下

而它们，是已经死去？还是等待着唤醒
看上去杂乱，实际上摆得很正

谁知道呢，哪一天你还会不会来到它们中间
那闲着的钉子，在另一面墙上

两只鹤

看到它们是在一个有雾的早晨
它们并不耀眼

而它们在风吹雨淋中保持了令人惊诧的干净
那身材的标志性

它们款款移步，俨然两位大师
物理的麦田演变着化学的物质

它们举止那么一致
如同经卷的上部和下部

它们也允许你更接近一些
但不能突破最大限度

它们会同时起飞，从来都是从从容容
不用交换眼神

不知道它们会落在哪里，一定不是草丛
不是树林。它们的大个子适合空地

你可能一连几天找不见它们
但能感觉到它们就在附近

这个冬天的夜晚会很安稳
这个村子有它们的看护

第五辑

那是因为没有吹上

一个早晨

孤雁

它高抬着腿，向一个地方凝望
和雁群保持着距离

直到雁群飞走了
它还在那里，那个孤单的黑影

没了起飞的力气？还是没了飞的心愿
很长时间，它在那里流连

也许这个冬天就不再点灯
那里比往年天黑得要早

也许这个冬天就拒绝大雪的覆盖
它在那里转悠

直到那声撕心的鸣叫从空中传来
悲怆终于倒尽

它选择深夜起飞。它从全世界飞走了
麦子地夜夜的不眠令它不忍

地排车

到哪里都拉着自己的地排车
他自己是自己的骡马

看上去很艰辛。特别是上坡
特别是想抄近路

下坡的时候，就使劲收
有时候还是刹不住

即使是平地，也是吃着力
有时候是一车荒草，有时候是一车庄稼

无论如何都不会是空的
那一车想法

73

苇子上岸

你以为从那里下水。全世界的苇子
长期的集结和准备

在入海口的荒凉地带。有的已挺进水里
最前面的淹到脖颈

其实它们是从那里登陆
十万亩的滩涂，一下子铺开

而没有走得更远
最后面的就在水里眼巴巴地等着

再往前就是一条南北路
三天开过两台拖拉机

其实它们完全可以翻过，并包住
却非要把它撬动

就像你执着于清除异物。湖面变小了
你以为在加深

74

那是因为没有吹上一个早晨

到达海边，要经过这片荒地
滚滚的荒草滚滚而去

来到这里，你是唯一的高地
那匍匐向海的，向你而来

躺在大海的臂弯就不容易
你这是连同荒地，把大海抱在了怀里

与其去吹海风，不如站直。站直你是孤独的王
附身，就加入它们

也许你觉得这里与世隔绝得还不够
那是因为没有吹上一个早晨

大鸟

它不在大海上飞
也不沿着黄河而上

黄河口的荒地有众多沟渠
它在浅水里

已记不清在哪里破壳
是不是父母把它送来这里

没有伙伴，也没有扈从
这里适合流落，也适合隐居

它只吃些小鱼小虾
但它在不停地长大

大的声音它不在乎
只对小的保持警惕

一帮臣子有了叛逆之心
只差一位可以拥立的新君

它是一个疑问
也是一切的解答

它不躲藏
也很难找得到它

看窝棚的人

这么空旷的苇子地会不会失去掌控
如果不是留下那个窝棚

那个窝棚会不会就被荒凉收缴，或者铲除
如果不是留下看窝棚的人

而他早已不像开始那些天
整天围着窝棚转

他在沟渠间出没
在雁群凋落羽毛的地方游荡

有时候看窝棚一眼
有时候接连几天看都不看

窝棚就是窝棚。从来不是城堡
从来没有帝王之心

他是村庄与野地的分界线
现在越来越多地站在野地一边

在这彻头彻尾的荒野里开出一块菜地并不容易
谁知道是不是那个大风的夜晚他交出了心中仅存的
良田

重来

担心的事情还是发生了
对此他早有准备

那截墙碎了
没有一块完整的土坯

从第一道裂纹开始
他就知道，捂是捂不住的

而每年他还是抹上一遍新泥
看起来是新的

骨头都朽了，哪有资格站着
他知道它的屈辱

最终不是他推倒的
他知道是时候重来了

两个湖

得多大的疆域
才不显得其中一个多余

两个差不多大
后边那个觉得前边那个要小一些

而前边不时有鱼跃出水面
后边，水从来没有浑过

它觉得前边那个太辛苦
一直想伸手扶扶

它能感觉到自己的宽阔
知道自己是湖中的男人

对那些指点和奚落却无可奈何
人啊，怎么就不知道公母

为此，这几年它雄心勃勃
虽然刚开始惊出了一寸湖面的冷汗

81

第五辑　那是因为没有吹上一个早晨　◆

其实人们倒无所谓，一个捕鱼
一个取水

拴马桩

它并不担心荒草就会把自己吞掉
那小片土地曾被踩踏得发亮

怕是整个草原也散了
要不是拴着

要不早就去寻找那匹马了
就怕它回来，家却不见了

多像一位母亲，一边盼望儿子
一边安抚儿媳

而傍晚总是回放些旧的时光
一只羔羊拱着它，睡着了

总是下起淅淅沥沥的雨。它知道
它是不会回来了，生活还要继续

苇子地

没有哪只鸟可以落进
除非收起翅膀，往里拱

雨水泼进去也很难。除非往里渗
不指望雷电

一片苇子连着海水和荒地
长得密集

有人在这里捡到过莫名的铁
就指认了它的时代

而只有从空中看
才能看出它有着潜艇的外形

当阳光剧烈地照着
它在深处点着微弱的蜡烛

当世界都睡着了
它在磨着缆绳

它知道，潮水终究会没过它的头顶
把它接走

最后的光亮

把羊群轰进羊圈
给鸡们撒上几把高粱

麻雀不会来抢食
它正在屋檐下眨巴眼睛

它钟情傍晚时分
却比傍晚还要困倦

而有些事情你要藏进大衣柜
趁着最后的光亮

然后抱柴点火
吃饭的时候才可以掌灯

你就在那里从容地观察庭院
看黑暗从哪里开始

它可以降临得很突然
但不能失去控制

雨中的黄河口

一条河走到了尽头，它的垂暮
它慢下来。慢得浩浩荡荡

往上六十里。它曾露出脊背
一只木船搁在黑暗的河床

此时的黄河口烟雨茫茫
海水连着荒地，就在那里而不发一言

它蜕过十八层皮，却很难一头扎进
这顿感的肃穆里

它本以为温暖，它本松弛如同到家
它泥沙俱下

看来要沉淀沉淀。这和世界的和解
要哪只脚先迈过门槛

一颗孤勇的灵魂你不知道如何安慰
大海和荒地已经暗暗地迎上来

第六辑

一个稀松平常
的早晨

一棵荒草

都是一大片一大片的
至少也是一丛

手牵手围成圈
一棵难以存活

一棵荒草就在别的荒草里
别的荒草摇曳它就摇曳

别的荒草停止它就停止
那天想的深了

大风吹的时候。别的荒草已经匍匐
它还在直立

然后赶快摇
多摇了两下才跟上节奏

一把镰刀

可不是赤手空拳
一把镰刀和他形影不离

空旷的荒野没有人迹
他一去就是几天

他割苇子，削荆条
有时候向着空气劈斩

没谁知道他会顺手把什么捎上
没谁知道他如何御寒

他就在这荒野间转悠
就像首领巡视自己的领地

而他的看上去明晃晃的镰刀
已经不再那么锋利

这是消耗得太多了
一个年轻人已经来到荒野的边缘

看护

偌大的，密集的苇子地里
一块空地很显眼

一个没有遮挡的窝棚
就如同一枚白纸上的黑色图钉

一个看护苇子的人白天根本不住进窝棚
他成功地用窝棚转移了视线

而他天黑之前回来，并且收拾停当
有时候在天色模糊的时候点着上一阵灯

等到真正黑下来
就赶快吹灭

有一天熄的有点晚
他把所有的缝隙塞严

他知道，无边的黑暗化掉一盏灯轻而易举
把窝棚捎上也很简单

一个稀松平常的早晨

他早起打扫院子里的草屑和尘土
这不动声色的生活

这次他盯着院墙旁边的白蜡树
漂亮的树形带来夏日的阴凉

而它的根，横着拱的部分
给墙体造成一道隐隐的裂纹

这令他诧异，这令他皱眉头
这很严重

他没有过多的犹豫
整个早晨都是锯树的声音

你以为他会心疼
实际上他很欣慰

这样一个很少对生活发表看法的人
养护自己的三分薄田，也怀着一颗砍伐的内心

93

需要一场雪

黄河，大海，和荒地
各自的疆域，各自的臣民

各自的夜晚，各自的烛照
三兄弟都够强悍

他们没有发生过战争
但和平有时候要割城换取

曾经一场暴风雨它们互派了信使
并重新划分了领地

现在边界已然不清
有的地方被渗透得较深

现在需要一场雪
填平所有的裂缝

然后就用芦苇杆丈量
确认各自的统治

一把土

所有的都落空之后。可以抓上一把
不一定一把抓住

而你一直在下沉
负有覆盖和填埋的使命

如果不是使劲的拍打
不是偶然的铁蹄

不是一次意外的裹挟
现在你飞起来

你要飞一会，你要安慰寂寞的大地
你怀着深深的雨意

你本深沉
有着轻浮的成分

异乡

为了漂泊感，我在风高浪急中划桨
沉浮得像一截木头一样

为了乡愁，我一次次在黑夜的白纸上
写下村庄

熟透的村庄，幽光闪闪的村庄
对这个人世却越来越陌生

原来啊，来到这个世界上
就是来到了异乡

可故乡在哪儿呢
这些年，真正的乡愁，可曾扯过你的衣袖

牛椋鸟

牛椋鸟除了啄食寄生虫
还不让黑犀牛的伤口愈合

也不让掩盖上杂草，或腐叶
它当然是为了吸食血汁

而对于黑犀牛就意味着，一次受伤，就终生是伤
逍遥的一生，血淋淋的

而我们的一生，没被腰斩的，正在被凌迟
同样的，不觉得疼

而我也会在自己的身上寻找见过血的地方
找到它，我会向里面听，向里面喊，吸自己的凉气

如果找不到，就自己动手
豁开一个口子

如果不豁开一个口子，再猛烈的阳光
也逼不出体内的大寒和小暑

97

结霜的树

暮色中

暮色已经浸透整个田野，整个湿漉漉的
只有一个地方，一条缝隙

那是父亲捡拾着杂草，平整田埂
为一天的耕作收边

黑暗在他的脊背一再加重。黑暗中出没的事物
有的试探着绕过这片微光

有的向这边赶过来
有的还在忍耐

直到他直起身子。是谁长出的一口气
天空的大幕瞬间合拢

更快的，是地下涌出的水
一下子没膝

一只绵羊

除了吃草
就是扎堆

此刻它站在一个土坡之上
望向远方

又掉回头来
向另外的方向张望

雪已经越下越大
长睫毛上的雪花迷离着眼神

它使劲地甩动耳朵
像是在摆脱什么

它忽然跑下土坡，向前狂奔
是看清了失散的羊群，还是下定了某种决心

十盏灯

按下成排的开关
九盏啪啪地亮了

另外一盏只是闪了一下
是断了钨丝

还是哪个地方接触不良
大厅通明

而一道暗影，微弱的暗影
微弱得足够

整个夜晚，九盏灯照着
不亮的那盏

瓷

一样的水和泥。不一样的偶遇
不一样的存在姿势

如果有隔世的记忆
它和陶罐、瓦片是亲兄弟

而它的记忆从瓷开始
自带着光芒

而再完美的
也没有第二种结局

其实生前是怎样，死后还是怎样
一切在于碰撞

对于瓷，唯一的意义
就是碰碰这个世界

第七辑

谁没荒透就
抱住谁

谁没荒透就抱住谁

自从走进来
每一棵草都在往外推你

它们向着海
向着天际

站得已经够久了
是不是坐下来，你要三思

你坐下来，风就停了
荒地会伸出胳膊，让你枕着

你是一只不够荒凉的大鸟
落进荒凉的老巢

你觉得要安息
它迅速地还原你

谁没荒透就抱住谁
这里没有一个人不是自己人

104

田野上

父亲越来越早地上地，越来越晚地收工
下锄越来越迟疑

今年的玉米长势比往年更好
高过成年人的头顶

这些都是好苗子
拿不准的是地边的野草

他的锄头一次次绕过了那里
是和野草的默契？一切留有余地

还是和大地？留白的写法
这些年，他以荒的方式控制着那里

都是深秋了。所有的契约
都到了兑现或者解除的时候

暮色如雨，淹没万物。除了那个黑点
不肯模糊。他还没有拿定主意

一棵树

远离了树林的一棵。它是矮的
锁定旷野孤独的高度

它的枝条整齐地向上生长
相互依偎，也相互绑定

那疏密的极致。如果天空澄明
就澄明流泻

如果一只黑色的鸟，站在一枝上
就是站在全部上

如果雨，就一起颤抖，就像
如果风就一起乱晃

只有一枝斜出来，并向下弯曲
指向别处

遇见

第一次遇见，你吃力地推着独轮车
车子偏沉

第二次遇见，你无聊地赶着地排车
车子空着

这次是骑着马。你塌着腰
伏着背，披着骑手的斗篷

而那匹马。宽阔的胸，浑圆的臀，飘直的尾
舒展的一仗二的腰身

那匹马。身子热得发烫，鬃毛却结着霜
与滚滚烟尘错开两个身位

很明显。那匹马更专业
更有感觉

野鸽子 4

我确认它已回来。一耸一耸的小身体
在苹果树下悄悄地啄食草籽

每年总有那么几天，这不迁徙的鸟
消失不见

有人看到它飞过沾利河，飞过苇子地
飞过了幽暗的海岸

是把子孙送回域外的老家吗
它只身

它不像家养的鸽子咕咕地叫着觅食
又在房顶三圈三圈地盘旋

它呆在村头，呆在房后，有时候深到庭院
观察和窥探

它已打入人间
不知谁的差遣

邮箱

该是收到的时候了。一挂起绿色邮箱
信笺就像落叶一样

簌簌落进。这是第一千封
多长的邮路，多少辗转

信封同样的泛黄。依稀的戳章同样：
邮资不足

你写给全世界的信
这样退回

而你等待的是你寄出的另一封
你就是那个收信人

该是收到的时候了。另一种可能就是：查无此人
你已写好回信

北极熊

它的皮肤是黑色的
毛发透明

也就是说，它本应是黑的
看起来却通体雪白

它善于蹲守和追踪
是白掩护了它吗

还是它皈依于白
那个白的世界里的小白点

其实它更渴望被察觉，被风尘，被围困
为此冬眠都是局部的

为此它直立起来
颤颤巍巍地身披曙光的大个子

110

另一个

你坐到桌前
他瞪大眼睛

你开始发送
他屏住呼吸

你走到庭院
他运用唇语

你来到荒野
他设置暗记

茫茫宇宙里
你感觉到了他的呼吸

而在尘世，你唯一的使命
就是试着和他建立直接的联系

直到有一天，一个陌生人
把一张纸条塞进你手里

111

门后

你的百亩良田
一亩三分荒着

你充满暖意的房间里
一个角落阴暗

你指点了万里江山
却从未触及一口水缸的下沿

还有什么比放置一口水缸更恰当的呢
整个屋子的湿寒，整个世界的

都在那里面。那里是你生命的留白
那里给你的命运兜底

那里不能拿上桌面。一旦拿上来
就鲜花盛开，火光冲天

惊牛

确实受到了惊吓？还是就要发发飙
它狂奔。尥着蹶子向前撞

那气势。别再指望吆喝
也没谁能拉住，一旦翘起了尾巴

但是从未听说有哪一头牛跑丢
过去那一阵，它牵住自己的鼻子往回走

它有多不容易。本性是狂野的
就像非洲草原上的祖先

一生也就那么一次两次的冲动
我们应该允许。它自己也允许自己

至于是习惯了不按本性
还是忍

它不思考。它只在吃草的时候低头
还有喝水的时候

113

寂寞

孤零零的村庄
孤零零的树

孤零零的
一个老鸹窝

接住了多少雨
多少雪。你看到的那抹白

也许就是喜鹊的白肚皮
高高的树杈上，它向天空敞开着

向天空敞开着
带刺的树枝搭成的窝

兜住了多少星光和月色
它依然是黑的

和它一样黑的乌鸦激动地跳
而它总是出奇地静

114

出奇地静
装着全村的寂寞

旭日东升

之前，黑暗已经松手
之前，已将世界接管

一个仪式之前
一夜荒凉的大地屏住呼吸

高出河堤，高出小树林
一切都是微不足道的。阳光即将普照

而第一缕温暖，第一缕新鲜
不给穷人不给富人

给了眺望着的人
和他身后的羊群

第八辑

一个地方呆久了

高粱红了

而没人来收割
在东大荒里开出的一小块地

他要让它们多红几天
给荒野一点颜色看

荒野并不在意
就像不在意他在沟沿上站站

而那片高粱一个劲地怦怦跳
像一颗小心脏

看样子无所表示是不行了
霜雪要来。这里有一个缺口和软肋

百里荒野荒得很整齐
现在有点乱

大雪

开灯没有用。它已把大地下亮
把你下醒

顶上房门没有用。它已把螺丝拧开
把天下出窟窿

铁锨也没有用。它开着翻斗车
它露出野性

你要它去覆盖荒野，你就是最后一根芦苇
你要它去下平坟地，你就是第一个坑

你要和它谈谈，它已堵住你的喉咙
你要这样躲着，它压塌房顶

你知道这是到了最后的时刻。就要彻底揭开
你捂盖子的一生

黑颈鹤

黑颈鹤属于很佛系的动物
时常站立着闭目养神

但它们领地意识极强
会向凶猛的狼发起进攻

也会将另一只不幸的同类
无情地啄死

这也许会令你对神的沼泽产生疑虑
但这并不影响它们的忠贞和高贵

就像你的一生当中，再温煦的时光也会有一阵
令你胆寒和心惊

夜半

你要夜半起身
溜进马棚

这时候马要顺从
牵着它绕过一顶顶帐篷

出了辕门你要翻身上马
马背紧贴着前胸

半个时辰后在一个高岗调转马头：
没你想的灯火通明

于是你双手抱拳
向那个世界辞行

121

大水

那年发大水。海水倒灌，顺着排涝的沾利河
还有一百米就进了村子

幸好不是呼啸而来。它一点一点地往上拱
能装的都已装上地排车，也有的一直在路上等着

不甘就不甘到了晚上。倒不是心存侥幸
村里的人大多没有地方可以投奔，有不少来这里就是
逃荒

那个晚上没谁敢合眼。除了那些孩子
都在侧着耳朵听，晃到半夜的手电筒

熬到天亮人们惊呼：退了退了。潮水没了踪影
而它淹到的地方，没谁注意到

一溜一溜的，密集的，像是狐狸的脚印，像是设了防
是一只，还是一队？一趟趟地跑了多少来回

悻悻而归的大水拿什么复命？想想那个诡秘的晚上
把水逼成了什么样

背面

往上一点
一群牦牛在吃草

往下一点
一群绵羊在吃草

你的马在吃草
你也衔着

都在专心地吃草
都在被草，被安宁吃掉

而山坡的另一面
猎杀正在进行

看上去很惨烈
这是允许的

123

大湖

不可描述它的大。拿起你风吹雨打的笔
风不吹它。拉着大风的车，都是它喂养的马

雨不打它。云彩在这里聚合，先拿到令箭的先出发
大了就野。你可以在街头流落，可以浪迹天涯

而它不适合安家。倒不是因为惊扰它
如果你养大白鹅，第一个秘密就是它们迁徙的计划

不要说安家，漂一会也不行。就像你的小纸船漂也是
漂在岸边
不知道你是不是习惯了在小水洼里照镜子

而它，你真实的倒影都不屑，搞什么虚幻的
在这里当然会孤独。孤独有多大

这里不是天罩着。是它。那年失踪了的一大堆星星
至今下落不明。至今不知道湖底的礁石为什么发光

还是看一眼就走吧。你觉得多波澜壮阔

124

它就多颠簸。它多颠簸，大地就多安稳

你觉得平静了，你得裹紧衣领
一颗为世界减震的大心脏

125

暴雨

闷热的天气持续了很久
大地裂开了口子

终于听到了雷声
由远迫近

天空足够黑了
一道闪电，就大雨倾盆

此时你却睡着了
这样接受了暴雨的洗礼

暗自

没有什么风，没有多重的乌云
雨，暗自加大。暗自

行人什么时候暗自收起了雨伞
像花草树木一样低眉顺眼

院落和街道也都积满了水
雨水井也只能暗自吭哧

真正的大雨意味着放弃。其实人世
不是被大雨也是被别的暗自主导

此刻我正暗自写下：
雪后的两座白坟墓

大的是寓言般的草垛，暗自醒来
小的是天鹅，暗自睡着

127

浅水区

一个对生活没有奢望的人
在海边插网捕鱼

准确地说，他只在浅水区
蹚的最深的地方不过没膝

他只不过养家糊口
养家糊口都不够

也许那天想得多了一些
插得远了一些。本来插完就走

当他抬头，海水平了海沟
他唯一的坐标消失于暮色

如果说那天完全和往常一样，但那至少是个阴天
至少还有别的神秘的符号

怎样的惊惧和无助啊。海水慢慢地齐胸
慢慢地站不住

对于一个有些水性的人，或许试对过方向
或许祈求过星星的救赎

无论如何，一样无边的黑夜
目睹了这一切

也捂住了这一切。他不是大海的儿子
他仅仅在那里呆得久了些

结霜的树

大风

就被它吹醒。凌晨四点钟
没吹到你身上，和吹到身上一个样

就吹亮窗户，吹灭星星
就吹歪了葡萄架，吹光了大树的虚荣

就吹得道路黢黑，铁匠铺冰凉
就吹得富人挖坑，穷人点灯

这个吹法。海水灌进薄田
这个山与那个山，干瞪着眼

吹得你动摇了，吹得你失去雄心
这让你心乱如麻

看似一切都被吹乱了
实际上秩序得到整顿

130

一个地方呆久了

那只木桶并不沉重，该是能漂在水上
而淤泥让它下陷

所以过一会就要给它换个地方
以免陷得太深

一个下午在河边
这样的动作要不断地重复

我们也要挪挪自己的身子
如果陷到膝盖就会拔不动腿

如果到胸
那就意味着没顶

在一个地方不能呆得太久
不一定是土，但就有什么来埋我们

这里没有大树可以依靠
也没有一张桌子可以给你一些支撑

每当推开房门

每当推开房门
它们都呼啦啦地飞起来

每当推开房门
它们都呼啦啦地飞起来

就落在门口的榆树上
并不飞走

等你走开或者返回房内
它们又无声地落回原地

它们在那里聚集，好像有啄食不完的草籽
好像有商量不完的事

而它们起飞得越来越迟疑
有的只象征性地蹦跶几下

看来它们懒得一遍遍地起飞
你也懒得一次次地推开房门

第九辑

掌 灯

那里深深地砍伐声

刚一松弛
田野的弦又绷紧

那个人还没走
还挥着板撅向前砍

暮霭已压着他的脊背
每一次直身，都要扛一下黑

该是晚唱的时候。而蟋蟀们屏住了呼吸
它们为他的脚背揪心

那是田野上最后一片玉米
看来非要今天收拾出来，非要做个了断

世界越来越寂静
那里深深的砍伐声

一小块荒地

这里已经深得足够
再深就无法回头

在东大荒里你是一棵孤零零的高粱
无边的荒凉吹你。而这次不是来掺沙子

在你心里也有着一小块荒地
它一直荒着

而它像一头小兽
越来越按不住

现在你要把自己豁开
把它放出来

从根上就是荒的
只有托付给它的父辈

苍鹭

没有一只鸟不提着自己的灯笼
而它掐灭自身的光辉

与鲜花相比
它更愿意做一截枯枝

也许从来没想过隐匿
它仅仅是耷拉着眼皮

但它在哪里
哪里一定地处偏僻

也许没谁比它，生前更像死后一样
你以为它是在听风，而它不理

就缩着脖子，挽着裤腿
就没有什么值得去看个究竟

就在那里等
它的本意也许是让世界放松

136

不像我们这些急性子。哪怕是死亡
也会找上门去

通常是一只
那天看到的是两只

扫地僧

有落叶的时候扫落叶
有尘土的时候扫尘土

什么也没有的时候
扫地

每天的早晨和傍晚
从寺前到山门

很久没人上山了
他返身的时候，身后跟着一群

是他把他们扫回人间
其中一个曾被超度

掌灯

今夜不需要。夜晚来临
万物的呼吸更加均匀

明晚不需要。一次出行
我要翻过岁月的墙头

今生只要一次。别处的灯火纷纷熄了
此时的黑暗只能独自抵挡

你要把芯挑高，把灯掌近
不，你不要盯住我的脸

我已轻而易举地看到了光明的尽头
请你记住来人

那个割苇子的人

芦苇的海。即使阳光
也只照着一张苍白的脸

而无法抵达内心。没有什么能落脚
没有谁

除了那个割苇子的人
他用镰刀开路。之前他一把握住

不仅仅是一把苇子。整个芦苇荡
被他掌控

他贴着根下镰，从苇茬间剔出黑暗
我喜欢

而雁群在天空盘旋
大雪在接近

不会扛不住了吧
那个割苇子的人

挑水的人

新的一天，总是从吱扭吱扭的挑水声
开始明亮起来

而今天比往常晚了一点点
大雾已散去一半

你走得有点急。多看了路几眼
胳膊没有甩起来

明显地感觉到你的气息不够均匀
懒得，还是忘记了，你那优美的换肩

今天节奏有点不大对
一路有水洒出来

不会撂挑子吧
唯一拥有这个权利的人

割苇子

向荒野动刀子
不能仅凭心硬

也别指望在这里薅羊毛
一个二流子将在旷野的诗篇中出现

第一镰就从脚下开始。一镰一镰地割向纵深
一条路就亮了出来

亮给旷野
也给自己留着

就挨着割
不像别的地方可以跳跃

苇子茬要留得整齐
你可以不敬畏，但要做一个讲究的人

当你伸展伸展腰身
苇子地更加明亮。天空飘来乌云

142

足够空旷并且可以落脚了
那大群大群的灰雁听到了召唤

143

三棵树

活着就不容易
在入海口百万亩的荒凉里

活着就不容易
哪有资格牵挂神域和人世

三棵树。一棵被镰刀砍断
倒下的机会都没有

一棵被斧头放倒
也没见到真正的伐木人

第三棵被留下来
分明是被舍弃

就眼睁睁地活着
它可不止死了三次

怀着一颗苟活的心
孤独都不去扶它一下

冬天的麦子地

泥土比想象得要松软
麦苗比想象得要绿，绿得发黑

我童年割过麦子的一个地方
为数不多地坚持了麦子

可不能没有这样一块麦子地
春风可以满眼

黄金可以遍地
你知道不知道的霜雪

替你结着
替你醒着

雁群落下来
如青灯般无语

这些过客大概要盘桓几天
并加重了今天的暮色

145

往年的雪

又下雪了
上一场还没有融化

雪上加雪
雪下是黑土，雪上是照耀

在雪与雪之间是一只野鸽子在飞
飞向荒野，它的出生地

其实在你的小村庄
每年也都有那么一点雪没有化掉

有的当时就看见
有的几年后才知道

每年那么一点的积攒
替你收藏了几十年的阳光和温暖

只有那一年的雪实在太少
扫起来，没能将野鸽子的窝填满

沉船

短暂的停靠之后
是长久的搏斗

像天空一样孤独
星辉一样寂寞的时候，更长久

而从倾斜的那一刻
你就真正地搭上大海这条船了

两眼一黑的时候
你知道了海底的一切

作为船
这是你最好的归宿

老船木

本来就是好木头
又在风口浪尖上变老

说是用它做的茶台防裂也防潮
想想也是

要是裂开一条缝，会漂泊这世界
它骨缝里忍着的惊涛

要是能侵入，那得是什么样的潮
它上百年海水的浸泡

现在它安静。一截叫不醒的
另一个时代的，沉沉的梦

现在我把它劈开
把那些沉默的铁钉找出来

火烈鸟

十只火烈鸟。如此小的群落
如此与众不同

它们把头埋在翅膀里睡眠
生性怯懦的它们如何保持了警戒

它们整夜单腿站立。这优雅的姿势
看似是一条为另一条注释

其实是为了让另一条得到休息
它们总是愉快地醒来

踱步和洗漱。有两只拍打翅膀
似乎要起飞，然而没人理睬

原来它们不过是舒展舒展身子
在这个早晨，在这片水域

十只火烈鸟
卓越过那上万只

青铜

怎样安慰青铜
如果这个尘世没有那种异动

甚至不能在历史的指甲缝里留下一粒灰尘
一个时代如果不是戴着青铜

它是那个时代的面具
它是那个时代本身

它曾经善于占卜，超出你的认知和揣度
现在缄默不语

这是它的至暗时刻
你以为它重见了光明

想想该是多么轻薄，你想着碰碰这个世界
碰出火花，或者碎上一地

而帝国的马车扯着真相的线头
一瞬万帧

穿着一件旧毛衣
你茫然失措

雪山

那个人越来越接近你了
从被他越读越厚的，你不给指引的经卷

而他的灯芯越挑越短。房檐在结冰
惶恐的内心被雪填充

而和他保持五千公里的尺度
你只有抬高雪际线，再抬高雪际线

亘古不化的雪，会为一个人的到来
像雾一样消散吗

山上的雪少了。而在他的亚热带
在一首诗中

另一座山峰正戴上白冠，若明若暗的雪线
向不断变深的谷底延展

人生

记得小时候村里有一口井
不同于只接雨水的坑

当别的坑都见了底
它依然供养着全村。虽然越挖越深

即使最干旱的那一年
也总会有一桶水，只要耐心地等

而我的人生。你看它越来越大
像摊煎饼

而中间越来越薄了
露出了洞

它同样没有想象中的暗河。但也没有
那蚯蚓般的水的线头，滋滋地补给着

挖矿机

一个薅时光的羊毛的人
现在开着挖矿机

可不是灵光一闪。过去轻装上阵
现在换上了重武器

也不是碰运气
巨大的挖斗向前啃噬

他再敲你的门的时候，可不要递给他一簸箕沙子
虽然有着小金粒

他热爱黄金。不仅仅是闪耀的一瞬
他吞吐量惊人

无论炼出多少金子
他改变了作业方式

露珠

翠绿的枝叶间
那个剔透的小男孩

浑身是干净的
也落上了一点点的灰

既然没跌落
随着清晨的第一阵风

你要知道，世界再美好
也不宜久留

照在别处的阳光
最终会照到你

世界哪有那么干净的
你要忍耐一会

第十辑 林间空地

夜晚还没有真正来临

树林开始变暗
河流开始变暗

浓烈的倦意侵袭着草原
羚羊和斑马松弛下来

它们放心地吃草
从提供了掩护的灌木丛走出来

它们知道跟踪了一整天的狮群就在那棵树下
此时那么安分

它们以为那是睡着了
那是因为夜晚还没有真正来临

斑鸠

你此刻的孤独就像此刻雨中的晾衣绳
你轻微地打晃，它就把持不住

从荒郊，从房后的小树林，来到庭院
是不是和人世走得有点近

从前你啄食草籽和雨滴，一身仙气
现在领取谷物和井水

野外的窝该是凉透了，野外的心也该是凉透了
你在村里寻找落户的机会

是不是世界给了你一点好脸色
想法就多了？你有着你父辈高贵的基因

现在你蹲在晾衣绳上，比鸽子娇小，比麻雀丰腴
那里正对着房门

那个手持弹弓的男孩对你没有仇恨
他曾为你的神秘和冷漠着迷

159

战后

两只公狮从梦中醒来
它们赶往林中空地

那里刚刚进行了一场决斗
恩加狮群和贝奥巴狮群都伤亡惨重

它们可不是来帮谁的

非洲水牛

恩加狮群和贝奥巴狮群必须决斗了
水牛群在那里看着呢

它们决斗的时候
水牛群看得出神了

这是到了
不用交保护费的时候了

只有它不知道

一头非洲水牛离开了牛群
狮群随即形成包围

整个林间空地暂时松弛下来
都在等着夜色降临

只有它在吃草
只有它不知道

狒狒

猎豹捕获了一只高角羚
狒狒可不允许这样的事情在自己的领地发生

它们赶走了猎豹
又为高角羚的生命担忧

看着高角羚恢复活力
狒狒们很是骄傲

它们的首领意识到可以做更多的事情了
这向世界释放了又一个信号

垂暮

老狮王独自离开林间空地
这不算逃跑。一番厮杀败下阵来

累累伤痕记载着曾经的荣耀
一半是为了扩充领地

而它什么也不能带走
孤老是必然的结局

而它比草原还要空茫的眼神滑过一丝狡黠的云
它交出了狮群，交出了领地

更重要的是交出了交配权
这一年来。它已力不从心

头领

它啃着草，也啃着雪
它漆黑的马眼含着满满的悲愤

又战胜了一匹年轻的公马
一半仗着余威

但母马们都在观望
有一匹迫不及待地玩起了暧昧

这是最明显的裂纹
对于讲究等级的野马群

这会招致更多的挑战
也许短时间不能撼动它的统治地位

但已经没有那么绝对

野鸽子 5

在彻底丧失野性之前
野鸽子在密报中写到：

这个世界本质上荒凉的
不过比别的地方多了一点亮色

它总体上在不断演进
局部是以退化的方式

运行中克服了很多困扰
共同的一点，都是为了基因的延续

有的规律还没有得到验证
究竟如何不好确定

可以确定的是。太阳够大
有几个人总是整天下着自己的雪

耽搁了我啄食草籽。我混着麻雀中间
他们说我探头探脑

现在我可不可以回去
带着刚孵出来的小鸽子

野鸽子 1

不知道它是什么时候
来到我的露台
在两棵竹子间做窝
孵出了小鸽子

直到偶然一天
我碰上它怯怯的眼神
它突然起飞

此后就更多地看到它
并保持了不对视的默契

后来它就飞走了
带着它刚刚会飞的小鸽子

我想它们一定是飞往了城外的野地
那里有它们野性十足的父辈

瞪羚

眼睛那么大
再深的埋伏也早就看见了

不是不想跑。它们没有野牛的彪悍
可以拉开架势

也没有斑马的暴脾气
能够反咬一口

不是不想跑啊。一拔腿
暗的就会变成明的，就会把杀戮提前触动

现在还没有拔出刀子，还没有对眼神
它向那心硬的世界示好

现在，它继续静静地吃草
那砰砰的心跳

一面

一只强壮一点的雏鸟对另一只
展露了阴暗的一面

而没有安慰
鲸头鹳只给那只大一点的喝水

因为不敢于冒险
所以不同时养育两只

为了保险
它多孵出了一只

在这个世界。我们是小的那只
耷拉着翅膀，暂时地活着

而无边的爱责罚着我们，无边的广阔
困住了我们

此去

一匹马站出来，从骚动的马群
通透的眼里飘着幽幽的疑云：

我不叫赤兔，不叫乌骓，也不叫的卢
但我头至尾一丈二，竹签耳朵刀螂脖

一声嘶鸣，也能穿越黄沙飞扬的古今
腾空一跃，此生再无追兵

也为横刀凛凛边风，为踏破如铁冰河
为替你收尸做好了准备

即使为你的妃子一笑
我愿意千里绝尘

你确定：挑选的是坐骑
我一身枣红

第十一辑 在黄河入海口

1

神的巨大脚印
此去该是太平洋

那天阳光夺目，水波耀眼
一只脚掌落下，非常缓慢
大水晃荡了半下，就回归了平稳
大地没有做声
灵性的白天鹅，伸直了脖子，目瞪口呆

神的营盘
巨变接着巨变

2

一想起入海口
大地与天空
海天一体
大河与大海
河海两味

四大洋的盐
和大半个中国的泥土

红日磅礴
辛酸的人生，达到无穷

175

3

就是这样，河与海交界的地方
黄的浑厚与蓝的深邃
碰撞
而不交融

河为床
海为墙
如此的一是一
如此的泾渭分明

什么是控制力
什么是表面现象

4

一双宽厚而粗糙的大手
强大的恢复力
无论昨天发生过什么
滩涂和天空，每一天都是新的
也有足够的细腻和温柔
为心爱的梳头

蓑衣鹤生性羞怯，端庄娴雅
是女人中的大家闺秀

她有时候忧伤
她解去荒原千古之愁

5

再愁愁不过柽柳林
再野野不过芦苇荡

海风吹着，满目苍凉
齐刷刷的波涛，一层叠着一层
明亮的脸庞，深海一样幽暗的
内心
万丈阳光
照不进密密实实的芦苇荡

天地间的多少秘密
就藏在了芦苇荡

下雪了，万亩芦花
似花非花

6

来到这里的人
有多少是在别处，把孤独丢失了
这里的鸟，每一只翅膀
每一根羽毛
都是孤独的

尖尾雨燕以快
北极燕鸥以远
斑头雁以高
东方白鹳以雕塑般的单腿着地
孤独着

一百只丹顶鹤
乱哄哄地起飞
在半空编队
整齐得夺人心神的编队，一队队
以穿过红太阳

7

我们是原子，我们是化学
我们是大自然的机缘巧合
我们伸出手
大自然就将赤碱蓬馈赠

昨天它拯救了我们的血肉之躯
今天它像红宝石
铺满大地。在这里
再贫穷的人，也富足起来

再富足的人
依然贫穷
贫穷是人类的最高品质

8

黄河与大海的女儿叫东营
恰恰也是共和国的小儿子
东营就如白天鹅
远处是圣洁的雪
近处有一点点的野性

东营桀骜不驯
东营别具一格
东营呼吸大海
东营啜饮黄河

东营一马平川
他流着青藏雪原的血
他长着巴颜喀拉山的骨骼

9

心怀黎明的人
总是把自己镶进暮色

那一天，遇到一个砍柴人
他从长白山来到入海口
他要找一个地方
卸下大半生砍的树

然后水就漫上来
漫过他的脚腕
给他的余生强烈的漂泊

何必森林
何必山川
在黄河口，你变老
你就先变得透彻

黄土高原的新生
太平洋的幼年

10

有时候我在想
人类该是地球的主宰
该是宇宙的精魂

可是我也知道
对于地球
我们算不上色彩
对于宇宙
我们毫无意义

如同你的求索
如同我在写这首诗歌
是不是一种被编程

你要庭院干净
就十八级大风

你要荡气回肠
就长风浩荡
海吞长河

183

评论

来自孤勇者的精神对抗

——读杨吉军《结霜的树》

雪鹰

　　山东诗人杨吉军的诗集《结霜的树》，是一本表现诗人倔强地坚守"返乡"意识，坚持自我灵魂的独立，以个体生命的认知对抗强大的外部喧嚣的精神产品。整本诗集若用两个关键词来概述，我选择"荒凉"与"孤独"。诗人以这两个词语为助燃剂，爆燃孤寂的灵魂来沸腾自己的一腔热血。这本诗集共有十一辑。一路读下来你会发现，除了第十辑中有对非洲草原上的动物的书写之外，其余都是诗人家乡的情、景、事、理。都是黄河入海口那一片土地上曾经的或者正在发生的一切。无论是主题还是创作手法，十一辑之间并没有明显的区分，没有割裂与断层。

　　从《结霜的树》这本诗集中，可以读出诗人内心的孤独。或许，在别人的眼里，孤独寂寞是可悲的，也是可怜的，更是一种没有朋友没有交际的表现。但事实上，孤独的人往往是充实的。孤独的人，内心有无数的思绪、肆意的忧郁、凌乱的念想，哪一种都会让他们的内心丰富多彩。而在表面上，孤独者不喜欢城市的喧嚣，也不喜欢熙熙攘攘的人群，更不喜欢将自己融入进去，成为那热闹中的一份子，随波逐流。而诗人正是这个世界里孤独的思想者，更是保持自我的勇敢者。

正如现代的心理学所分析的那样，选择孤独有利于保持诗人思想的独立和意识的清醒。孤独是一种能力，是精神强大的体现。在杨吉军的诗中，字里行间充盈了满满的"孤独""孤寂"与挥之不去的"荒凉"意象。诗人通过选取大量的物象，恰切地对应、准确地契合自己内心的那份孤独。比如：

孤雁

它高抬着腿，向一个地方凝望
和雁群保持着距离

直到雁群飞走了
它还在那里，那个孤单的黑影

没了起飞的力气？还是没了飞的心愿
很长时间，它在那里流连

评
论
◆

也许这个冬天就不再点灯
那里比往年天黑得要早

也许这个冬天就拒绝大雪的覆盖
它在那里转悠

直到那声撕心的鸣叫从空中传来
悲怆终于倒尽

它选择深夜起飞。它从全世界飞走了
麦子地夜夜的不眠令它不忍

还比如："它忽然跑下土坡，向前狂奔 / 是看清了失散的羊群，还是下定了某种决心" ——《一只绵羊》。"只有一枝斜出来，并向下弯曲 / 指向别处" ——《一棵树》等等。

诗人对这个世界的反击靠的是什么武器？最主要的是诗歌创作的"手艺"。当然，语言的基础是前提，是战壕。我们看杨吉军的武器有哪些是常规的、传统的，哪些是新式的、带有他个人烙印的。诗歌技艺的创新是一件难度极大的事情。当一位诗人能在继承前辈探索的成果，再融入自己的语言习惯、思维模式、想象空间、生命体验等诸多自我的东西之后，就已经

是一位成熟的、有实力的诗人了。从杨吉军的诗里，
我们不难发现他所使用的常规的手法。比如这些诗句：

它们要忍的，不是冷
是得不到温暖
——《结霜的树》

它从来不责怪你
——《雨中的马》

多少年没人谈论过它
谈，也不知道从何谈起

而它周边的荒地已经种上庄稼
这片荒地比别的荒地要硬气
——《孤坟》

而那只不一样的麻雀还回不回来
它在你的身上种下一粒种子

明年怎么办呢
你有了一颗金子般的心

——《稻草人》

你要知道门前的石榴已经红了
不能红得太久

它要裂开
愈合这个世界
——《石榴》

没有谁真正去动它。在不碍事的村边
冷眼注视着村庄

碍碍事也好啊
它知道的事情有点太多了
——《麦秸垛》

我们悄悄地活在这个世界上。谁把它硌疼
谁就要经受清洗
——《沙》

这本是硬碰硬的活，他用蘸水说软话
——《磨刀的人》

诗人在创作中可以熟练地运用修辞，巧妙地营造诗意，自如地跳跃、转换，其中的理性、智性与哲思，为诗作提升品质奠定了基础。

杨吉军的另外一些诗，会让你读后处于一种半醉半醒的状态。诗意模糊又费解，让读者不断沉浸于似梦非梦、似醉非醉的情境中。这样的诗在他的作品里量不算大，但它们代表了诗人在诗歌写作中俯身前行的姿态。这些带有创新与突破追求的作品，已经实现了"似是而非"、令人迷醉的歧义的生成，让诗性大增。如《夜半》这首诗。

夜半

你要夜半起身
溜进马棚

这时候马要顺从
牵着它绕过一顶顶帐篷

出了辕门你要翻身上马
马背紧贴着前胸

191

半个时辰后在一个高岗调转马头：

没你想的灯火通明

于是你双手抱拳

向那个世界辞行

　　杨继军利用这些"武器"，加上他非常丰富的想象力，便可对来自世界的刺激，迅速作出回应，而掷出的利器上面已经镌刻上"杨氏"的标识。还比如《火堆》《旋风》《一曲》，等等。由所见，到所思，到通过意象转换为诗，呈现的是合理的、恰切的诗性，是精准的意象关联。这些，靠的是诗人的天赋，也靠长期不懈的创作训练。否则，不可能写得如此深邃、耐读，值得品味、咀嚼。诗里隐匿的故事，寄予的哲理，以及他深切的感悟，都是有感而发的、落地的、及物的。杨吉军的诗注重人与自然万物的混搭，他反复咏唱黄河入海口，咏唱海边、大海、荒滩、荒地，这是他对故土的那份赤子般情感的宣泄，也是避开纷扰的尘世手段。

　　他的那首《山羊》，叙事的力量令人震撼，甚至令人心惊。其中的暗示与隐喻奠定了这首诗的品质。我们来一起欣赏一下。

山羊

现杀现卖的肉摊旁
一只瘦瘦的黑山羊

铁钩子上悬挂的肉越来越少
它被越来越多地打量

它朝着人群咩咩地叫
好像有它认识的

它偶尔挣挣拴在脖子上的绳子
很快就放弃尝试

它空茫地望向远方
又低下头，落寞地嗅嗅脚下的泥土

喧闹的市场上，一只安静的黑山羊
它本善于蹦跳和易怒

　　读后我们会想，他只是在写山羊吗？诗歌画面之
外有没有你的、我的、他的影子呢？当我读到"它空
茫地望向远方 / 又低下头，落寞地嗅嗅脚下的泥土"

评
论
◆

的时候，我的心被刺痛了。那种无奈、无助、无望的囚徒之感袭上心头，那种对生的渴望，对天空、对大地的挚爱，令人动容，巨大的悲悯与深刻的隐喻重重地击打我的灵魂。这种司空见惯的日常，在诗人不动声色的叙述中轻松地实现了诗意的转换与思想的深刻呈现。当然，如果是我写，最后两行会删掉，或者延续它"低头、嗅土"的画面。

　　杨吉军对生存环境的荒凉感，不是来自车水马龙的城市乡村，也不是来自奔波劳碌的熙攘人流。他在自己的精神原乡，思想源头，魂牵梦绕的生命出现之地，真真切切地感受着那份来自灵魂深处的荒凉感。这里的"东大荒""沼泽地""荒草滩""孤坟""浅海""荒山"……每一处都有那样的孤独存在着。一颗孤零零的高粱、一个孤零零的人、一之孤雁、一只黑山羊、一头受惊的牛、雨中的马，等等。哪怕在热闹的集市上，他眼中所见的也只有那只无奈的瘦弱的待宰的黑山羊，其他的一切与他的灵魂需求无关，因而可以忽略不计。艾略特的长诗《荒原》被誉为现代主义诗歌的里程碑，作品发表于1922年，正是西方工业革命如火如荼的时候。同样，杨吉军所处的时代也正是我们民族物质生活空前繁盛的时代。对于高度精神层次的追求，注定了深度思考的诗人对于"荒凉"意象的偏爱。这两者看似悖论，实际是一致的，所有的"荒"在诗人眼里都是繁复世界的形态与存在形式。只有通过大量的与世俗观感相对立的镜像描摹，诗人才有精准传递"先知"式的预言的途径。这种精神世界的荒凉感，与诗人内心的孤独是一致的，与物欲和喧嚣是对立的。

诗，来自于这个世界对诗人灵魂的攻击之后，诗人自觉或不自觉的回击。这个回击的产物包含诗人抵抗的态度、方式、能力与对抗的强度。作为真正的诗人，他们绝不会随波逐流，阿谀唱诵。他们的身份与使命，是传统基因与现代理念双重滋养的结晶。因此，在茫茫人海里的诗人是孤独的，他对世界的回击是一个人的力量与庞大的现实的对阵。因此，他们在普遍习惯于宁静的生存场域里，能亮出自己的声音，这无疑又呈现出一种孤勇的姿态。生长在黄河入海口的诗人杨吉军，正是以他的荒芜的乡间意象，来对抗这个充满物欲的浮躁的世界。

当然，他的思考有时候在嵌入句子的时候，还没有那么自如，离榫卯一般严丝合缝的要求还有一点距离。我们期待他坚持今天独立创作的态度，为当代诗坛贡献更多更好的文本。

2023 年 6 月于坛头诗第

评论
◆

雪鹰，安徽淮南人。《中国诗刊》《长淮诗典》《安徽诗人》主编，中国当代诗人档案资料陈列馆创办人。出版诗集六本，获中国当代诗歌奖、《现代青年》2017年度诗人奖。

现代性生命体验与审美传达

——杨吉军诗集《结霜的树》读感

张德明

中国新诗的诞生是中国文学与文化追求现代化的自然结果，现代性也因此成为了新诗这一文体内在的精神属性。当我们阅读百年新诗作品之时，对其中所蕴含的现代性思想内涵与精神品质的寻求，便构成了我们准确理解它时基本的思维路向和阐释策略。而对一首新诗的价值判断和审美评估，追究其所凸显的现代性特征，毫无疑问就是极为重要的标准。事实上，阅读杨吉军诗集《结霜的树》时，我也是依循着这样的原则来展开的，即首先探寻诗人的创作在多大程度上体现了现代性的生命体验，同时又以什么样的审美表达将诗人所理解和认知到的现代性内涵艺术地展现出来。杨吉军没有让我失望，在诗人所创作的诸多诗歌作品中，我们能鲜明地感知到他对现代性的细致思考、深入理解与精准把握，洞悉到他对现代性生命体现的诗性直觉与审美传达。借助这些有关现代性生命体验的形象书写艺术表述，我们既能真切地窥见到诗

197

人所遭逢的充满复杂性和丰富性的现代性精神境遇，
又能获得诸多美的感染与思想的启迪。

　　现代性的生命体验是纷繁复杂的，孤独体验也许
是这纷繁复杂的现代性体验中最为常见的一种精神征
候，在杨吉军的诗中，对孤独体验的频繁捕捉与大量
演绎，已然构成了一种极为显在的艺术表征。孤独也
许是现代人所具有的基本的精神情态和心理症候，正
如克尔凯郭尔所说，每一个现代人都是一个"孤独的
个体"。西方现代主义艺术的开山鼻祖波德莱尔也坦
言，他从小开始就品味到了孤独的滋味，感觉到个体
的孤独性存在。在我看来，一个人的现代意识越是突
出，他对孤独的生命直觉也就越是强烈。杨吉军的诗
歌，对孤独这种现代性生命征候作了繁复的艺术表述。
他在《孤雁》中写道："它高抬着腿，向一个地方凝
望 / 和雁群保持着距离 // 直到雁群飞走了 / 它还在那里，
那个孤单的黑影 // 没了起飞的力气？还是没了飞的心
愿 / 很长时间，它在那里流连 // 也许这个冬天就不再
点灯 / 那里比往年天黑的要早 // 也许这个冬天就拒绝
大雪的覆盖 / 它在那里转悠 // 直到那声撕心的鸣叫从
空中传来 / 悲怆终于倒尽 // 它选择深夜起飞。它从全
世界飞走了 / 麦子地夜夜的不眠令它不忍"，离群鸿
雁的孤立无助，激发了人们内心极大的悲悯情怀，这
首诗的艺术感染力由此呼之欲出。在《一棵荒草》里，

诗人如此述曰："都是一大片一大片的 / 至少也是一丛 // 手牵手围成圈 / 一棵难以存活 // 一棵荒草就在别的荒草里 / 别的荒草摇曳它就摇曳 // 别的荒草停止它就停止 / 那天想的深了 // 大风吹的时候。别的荒草已经匍匐 / 它还在直立 // 然后赶快摇 / 多摇了两下才跟上节奏"，没有"入圈"的荒草是孤立无援的，也是异常寂寞孤单的，它只有"多摇两下"才能跟上其他草们的节奏，此情此情，也是极能撩拨读者柔弱的心弦的。王国维说："一切景语皆情语。"(《人间词话》)孤雁和荒草的孤独与寂寞，也许并非只是这些动物和植物生命状态的直观写照，更是抒情主体内在心声的侧面透露与艺术呈现。换句话说，诗人是借助对动物和植物孤独情态的形象描画，将自我所具有的关于孤独的生命体验艺术地折射出来。

与孤独体验一样，荒原意识也是一种极为显在的现代性生命意识，这在杨吉军的诗歌之中，也得到了极为精彩的展示。在他的诗作之中，我们能不时地目睹到"荒芜""荒原""荒野""荒地""荒凉"等词汇，也就是说，对大千世界所具有的"荒原"这一内在属性的诗化诠释，构成了杨吉军诗歌的一个不容忽视的精神要点。诗人所指认的"荒原"大地，并非是说大地贫瘠荒芜、毫无收成，而是说我们的精神追求里缺失了某种终极的目标，我们的心灵缺少了富足

评
论
◆

的给养和坚实的依靠。诗人描绘荒芜的原野，用了一个"空"字来集中写照："那么空。空无一人，空无一物 / 比起来，天空不算空 // 空得没有心跳，空得丧失呼吸 / 就像有一个巨大的漏斗 // 就是四野，就是那种空 / 也在被疾速地漏走 // 而你不是访客，也不是主人 / 不是剧中，也不是看台。什么也不是 // 就一个劲地空。身体空，心里也空 / 从里空到外，从黑空到白 // 空得一切都是虚构的。虚构也站不住 / 你曾经铁一样的存在，现在经不住推敲 // 现在就要空没了。没有树可以抱，抱住也没用 / 唯一可试的，赶紧抱住那种空，那身空衣服"（《四野》），可以说，"空"正是诗人对个体精神贫乏的生命征象的极为精准的艺术概括。诗人写荒地上的玉米："开阔的荒野本来没有什么藏着掖着的 / 玉米小心翼翼 // 在这样的荒野里种出庄稼很不容易 / 你挂着锄头守着 // 那架势无疑是说：要荒它 / 除非从我身上荒过去"，写出了人们对于生命的坚守与对于荒芜环境的抗争。

很多时候，现代性的诸多精神表征，事实上是彼此纠缠在一起，并不能明确分隔开的。比如荒原意识和孤独体验，就是时常纠结在一起、无法分开的两种突出的现代性征候，它们之间的这种相互缠绕、密不可分的情状，在杨启军的诗中也得到了精彩的呈现。例如《荒地需要安慰》一诗："这不是抒情的所在 /

即使大风停下来 // 荒草连着荒草，一直荒向天际 / 荒出了荒地该有的样子 // 无疑，你是孤独的 / 却如一滴水见到了大海 // 这片荒地比你孤独一万倍 / 你以为它什么都能承载 // 你本意找到爱 / 它又让你荒凉了十分 // 而它不在乎你投海 / 更不在乎你在海边站一会 // 你可以跟随它一起孤独 / 和荒草一起起伏 // 也可以改变主意 / 荒地需要安慰"，荒地是寂寞的，如同人是孤独的，大地和人类之间，某种程度上就是一种相互映照、彼此生发的生命关系。在这首诗里，诗人将审视荒地时所生发的荒原意识与反观自我时所品味到的孤独意识一并加以描画，从而有效地揭示了二者在一定程度上是相互扭结、彼此生成的内在奥秘。

　　自然，杨吉军诗歌所阐发的现代性生命体验，并不只限于孤独体验与荒原意识，还有其他的精神内涵。总之，对现代性生命体验的集中书写与精彩演绎，使得杨吉军的诗歌既凸显出鲜明坚实的现代性品质，又达到了较高的美学水准与艺术境地。

　　张德明，诗评家，岭南师范文学与传媒学院教授，南方诗歌研究中心主任。

评论
◆

201

向不断变深的谷底延展

——杨吉军诗歌简论

刘斌

那个人越来越接近你了
从被他越读越厚的，你不给指引的经卷

而他的灯芯越挑越短。房檐在结冰
惶恐的内心被雪填充

而和他保持五千公里的尺度
你只有抬高雪际线，再抬高雪际线

亘古不化的雪，会为一个人的到来
像雾一样消散吗

山上的雪少了。而在他的亚热带
在一首诗中

另一座山峰正戴上白冠，若明若暗的雪线

向不断变深的谷底延展

　　这是一首题为《雪山》的诗，诗中写了两个人：
一个他，一个你，其中一个正不断接近另一个，而且
用的是"他越读越厚的，你不给指引的经卷"这样奇
特的方式。只是一般人可能会忽略的是，诗中还隐藏
着一个人，就是"我"。这首诗的视角就是"我"的
视角，写"我"看着诗中的"他"越来越近接"你"；
也就是诗歌的抒情主体，看着现实的此在的"我"不
断接近理想的"我"。诗以隐喻的方式表现了抒情主
体对"我"也包含着"我"的写作，不断地向理想的
"我"或"我"的理想接近这一过程的关注，写了其
中的感受、领悟与发现。我之所以在这里特别引出这
首诗，是因为它是一首"元诗"，是杨吉军所有诗的
"诗"。诗人以此对自己与诗歌创作的关系进行高度
概括与形象阐释，同时也揭示了诗歌创作的某些本质。
美国著名诗人、评论家康拉德·艾肯曾说过：诗人的
创作，"是了解自己，以求分析世界"的过程，这个
过程其本质就是"向自己本身朝圣"。他还以莎士比
亚为例，认为莎士比亚之所以伟大，就是因为"莎士
比亚的诗，到处都充满了丰富的对自我意识的探讨，
思想有血有肉地被带入感觉的领域，而感觉则勇敢地
被带入思想的领域"。而我们说，杨吉军也是试图去

探讨自我和自我意识，用诗歌的方式，就像"若明若暗的雪线／向不断变深的谷底延展"。

　　杨吉军的诗有个显著的特点，就是与人类当下的物质文明保持着相当的距离。这从他的诗歌题目和题材上就可以看出了。他的诗中充斥着大量的对植物、动物、土地与鸟类的书写，像他的诗《大树》《结霜的树》《沙》《烟囱》《冬天的苇子地》《苇子地》《一小块荒地》《荒地也需要安慰》《野鸽子》《鹤》《旋风》《石榴》《山羊》，等等。即使一些看似写现实生活的，像《拾荒的人》《打兔子的人》《磨刀的人》《看窝棚的人》等，重点也不在这些人身上，而是重在借此揭示抒情主体的感受、意识或情绪，或者对生存的体验与发现。因此，在他的诗中几乎看不到当下，尤其看不到当下的物质文明景象，看不到人类引以为傲的科学技术，看不到人们为之心驰神往的娱乐与消费……相反，人们读到的是自然，是乡村，是动植物，等等。因此，无形之中，杨吉军笔下所写的，与现实的当下就形成一种对峙，或者说对照。而杨吉军诗中所写的也就突兀起来，这些突兀的事物既呈现出它们自身，又成为了一种隐喻，一种折射其心灵与精神的镜像。

苇子与荒地

在杨吉军的诗中，首先引人瞩目的是，他写了大量的苇子。像

现在整个的苇子地都是属于你
只有你能够给狐狸下夹子

而割得平平整整的苇子地为什么留下了一棵
它本是根生的

它为什么那么像潜望镜
它为什么系着一根红布条
——《冬天的苇子地》

你以为从那里下水。全世界的苇子
长期的集结和准备

在入海口的荒凉地带。有的已挺进水里
最前面的淹到脖颈

其实它们是从那里登陆

十万亩的滩涂，一下子铺开
——《苇子上岸》

　　我们知道，苇子是一种多年水生或湿生的高大禾草，生长在灌溉沟渠、河堤沼泽地等环境中。所谓"蒹葭者，芦苇也，飘零之物，随风而荡，却止于其根，若飘若止，若有若无。思绪无限，恍惚飘摇，而牵挂于根。根者，情也。相思莫不如是。露之为物，瞬息消亡"。这样的存在与人的生命何其相像。西哲帕斯卡尔就干脆将人比作芦苇，他说："人是一支有思想的芦苇。"杨吉军诗中大量叙写苇子，其借此探究人的寓意不言而喻。这里写苇子，写它们的孤独，写它们对爱的寻找与呼唤，写它们生之荒凉与无奈，写它们在时代变迁与外来骚扰下的无助与无措……无不折射出普通人特别是弱者的生命存在的状态与情味，当然也饱含着诗人自己。这自然是诗人内心的外化、情绪的投射，更是一种人性的探测与窥伺。而在诗中，诗人将苇子拟人化，进而展开与苇子的对话。这里面既有苇子与人类的关系，也有苇子与周遭环境的关系，更有苇子与诗歌抒情主体的关系。这些关系在对话中也在实现一种触摸，一种对生命存在真相的触摸。而杨吉军对这样的触摸予以书写，以个性化的语词或修辞去接近、进入、打开与照亮，就是一种诗意的创造。

在这样的诗意创造中，触摸或探测获得了不断地延展
与深入。也正是在这样的诗意创造中，表达了诗人关
于存在的独特意识，那种具有鲜活质感的此在生存的
呈现，那样一种对真实自我的观照、思考与表达。而
在另一些诗中，诗人又集中书写了荒地。

这片荒地比你孤独一万倍
你以为它什么都能承载

你本意找到爱
它又让你荒凉了十分

而它不在乎你投海
更不在乎你在海边站一会

你可以跟随它一起孤独
和荒草一起起伏

也可以改变主意
荒地需要安慰
——《荒地需要安慰》

这里已经深得足够

207

再深就无法回头

在东大荒里你是一棵孤零零的高粱
无边的荒凉吹你。而这次不是来掺沙子

在你心里也有着一小块荒地
它一直荒着
——《一小块荒地》

如果说写苇子或苇子地，是见证一种生命的存在，或者说是对生命存在意识的探测与窥伺，那么，写荒地就是表达一种生命的虚无，表达诗的抒情主体内心的莫名的忧伤与焦虑。这样的生存基本情绪的表达，生命意识的揭示，无疑是深刻而令人震撼的。当抒情主体面对着本该生长庄稼或禾苗却覆盖着茂盛荒草的土地，顿时被一种巨大的虚无感所围困与压迫：

那么空。空无一人，空无一物
比起来，天空不算空

空得没有心跳，空得丧失呼吸
就像有一个巨大的漏斗
…………

就一个劲地空。身体空，心里也空
从里空到外，从黑空到白

空得一切都是虚构的。虚构也站不住
你曾经铁一样的存在，现在经不住推敲

现在就要空没了。没有树可以抱，抱住也没用
唯一可试的，赶紧抱住那种空，那身空衣服
——《四野》

"荒地"的意象呈现出的就是这样一种"空"的存在境况。诗人不独写出"荒地"的空，更写出这空带给人的无助与悲凉，更写出了此时此刻诗人内心的真实感受与体验："空无一人，空无一物"，这就不仅是"荒"的"空"，更是"荒"的彻心苦寒，"荒"的无边孤独的"孤寒"。于是，诗人只能"赶紧抱住那种空，那身空衣服"。而当我们将这一切与当下极为发达的物质文明与极度扩张的科技联系起来，将之与经济急速增长与消费欲望无限膨胀联系起来，特别是将之与社会分层日益固化、底层弱势群体的被盘剥、掠夺与摧残不断加剧的现实联系起来，我们就不能不将诗人心中的"荒寒"与"孤寒"与我们自身的精神

评论
◆

状况与心灵联系起来，也就自然不会体会不到我们被
这诗中所写精准击中要害的痛楚与惊悚，因为他确实
写出了当下社会基本伦理道义的沦丧与缺失以及这沦
丧与缺失所造成的巨大的空白或荒芜。

墓地与飞鸟

　　除了上述的写苇子和荒地，杨吉军诗歌中还有一
些是写坟地或墓地的。比如

　　　　只有知道的人才知道
　　　　那片荒地的一个土堆。第一年是新的

　　　　没有墓碑，也无人添土
　　　　一个流落的人挤不进村里的墓地

　　　　而越接近坟头的荒草越茂盛
　　　　不离不弃地看护

　　　　怎么能让雨水冲没呢
　　　　终于有一块高地，可以围着

　　　　多少年没人谈论过它

谈，也不知道从何谈起

而它周边的荒地已经种上庄稼
这片荒地比别的荒地要硬气
——《孤坟》

狂野的雪。曾经把大海下满
把天空下塌

而在这里。再气贯长虹
那些大大小小的坟头也得绕行

整整两天。天和地下到了一起
那些高高低低还是无法下平

尽管什么也不拒绝，什么都接着
别的地方有什么过不去的

都可以挖个坑。而这里
开个穴就要用一生填充

小的不能厚，大的不能薄
就下得越来越均匀，越来越仔细

评
论
◆

211

而老村长的墓前
还是积得更深
　　——《墓前》

　　在前一首诗里，诗人写一座孤坟，这座孤坟之
于村人，是外人，它"没有墓碑，也无人添土／一个
流落的人挤不进村里的墓地"。诗人写荒草对这座孤
坟"不离不弃地看护"，更写"而它周边的荒地已经
种上庄稼／这片荒地比别的荒地要硬气"，实际是写
村人在开荒时对这座孤坟的敬畏与尊重。后一首诗，
写在一座墓前的感受，诗中写道"狂野的雪。／曾经
把大海下满／把天空下塌"，但在一座墓前，"再气
贯长虹"，面对"大大小小的坟头也得绕行"。这也
是对大小坟墓的敬畏和尊重。自然，这里有一种死者
为大的中国传统观念在，但更深刻的还是在存在论意
义上对死亡的揭示与澄明。如此，对于坟墓的书写，
在诗人这里具有了别样的价值和意义。那就是相对于
"苇子"和"荒地"，"孤坟""墓前"这些意象以
及其构成的隐喻，将诗的抒情主体对生命意识的沉思、
对存在意义的追问、对个我存在的基本情绪的表达引
入了更深层，即面对"终有一死"这个绝对的虚无，
人活着还有什么意义？正像著名哲学家加缪所说的

"真正严肃的哲学问题只有一个，那便是自杀。判断人生值不值得活，等于回答哲学的根本问题"。而杨吉军诗中对的"孤坟"与"墓前"的书写，其本质就是向自我也向世人提出了人的存在意义的终极追问，因为只有面对死亡，这样的提问才是真正的哲理与诗意之思，才是真正的存在意义的追问。按照海德格尔的观点，"存在总是向一个不确定的确定——死亡而奔跑着"。"死是自我或存在的最高可能性""死亡把个人交付给他自己"。只有面对死亡的时候，人才真正明白自己作为一个人的最终结局或归宿，才能最深刻地体会到自我的存在。对死亡的恐惧就是拿存在与非存在作比较，就像杨吉军诗中所写的，"孤坟"与其他荒地的比较、坟地与其他气贯长虹的事物比较那样，这个时候，一个人才能真正把自己与他人、社会、集体完全分裂开来，才能突然面对着自我，才能懂得自己的存在与其他的存在完全不同，懂得生与死的根本不同，懂得个人存在的意义。这就是杨吉军认为的"孤坟"这块荒地比其他种上庄稼的荒地"硬气"以及再气贯长虹，面对大小坟墓也得绕行的原因所在。无疑地，这样写死亡或面对死亡，较之写苇子和荒地，其对人的生命意识的揭示也就更显得深刻而尖锐，也就更彰显了其对自我存在意义的思考与追索。而这些，在物欲横流，市侩猖獗，犬儒主义盛行

评论
◆

的当下，无疑是敲响了警钟，其中蕴含着人要不要有意义地活着以及之为人活着的意义究竟何在的终极之问。

于是，我们看到了这样的书写：

远离了树林的一棵。它是矮的
锁定旷野孤独的高度

它的枝条整齐地向上生长
相互依偎，也相互绑定

那疏密的极致。如果天空澄明
就澄明流泻

如果一只黑色的鸟，站在一枝上
就是站在全部上

如果雨，就一起颤抖，就像
如果风就一起乱晃

只有一枝斜出来，并向下弯曲
指向别处
　　——《一棵树》

214

这里的"一棵树",无疑是孤独者的隐喻。这棵树以远离树林的方式"锁定旷野孤独的高度",因为它的远离和孤独,"一只鸟"站在其上,"就是站在全部上"。这是一种生命的姿态,更是一种存在的抉择。因为其清醒的抉择与"远离"的活着,它使得上述诗人心中的"荒寒"与"孤寒"成为了一种抉择、坚守与审判,成为了一种"独钓寒江雪"的"境界"与"净界",成了诗人心灵栖息的港湾。这是什么?这是对荒芜时代慎独自守的生存状态与精神处境的清晰洞察与自觉认领,一种对独立人格与精神自由的皈依与服膺,这样的一种肉体与精神"相互依偎木叶相互绑定"。

> 它高抬着腿,向一个地方凝望
> 和雁群保持着距离
>
> 直到雁群飞走了
> 它还在那里,那个孤单的黑影
>
> 没了起飞的力气?还是没了飞的心愿
> 很长时间,它在那里流连

评论
◆

215

也许这个冬天就不再点灯

那里比往年天黑得要早

也许这个冬天就拒绝大雪的覆盖

它在那里转悠

直到那声撕心的鸣叫从空中传来

悲怆终于倒尽

它选择深夜起飞。它从全世界飞走了

麦子地夜夜的不眠令它不忍

——《孤雁》

　　这还是孤独者的形象！它孤独，深情，充满眷恋与不忍。但它更是自由与坚强的，且目光远大，志向无限。它"倒尽悲怆""选择深夜起飞"，"它从全世界飞走了"。这样的一种甘居苦寒与孤寒，荡尽污垢，不落凡俗，自保坚贞，自存高迥的书写与表达，体现了一种超越的情怀与精神境界，而精神的高度也是诗意与审美的深度。这既是诗人笔力向无限深处的延展，更是其诗思与哲思竭尽纵深的努力。

　　为了漂泊感，我在风高浪急中划桨

216

沉浮得像一截木头一样

为了乡愁，我一次次在黑夜的白纸上
写下村庄

熟透的村庄，幽光闪闪的村庄
对这个人世却越来越陌生

原来啊，来到这个世界上
就是来到了异乡

可故乡在哪儿呢
这些年，真正的乡愁，可曾扯过你的衣袖
——《异乡》

　　上述是对杨吉军诗的简要评析，当然，我们都知道，一个诗人的诗作就是他的全部精神世界，就是他存在的本身，而这绝不是短短一篇小文所能详尽的。需要注意的是，杨吉军的这些诗歌，给予我们怎样的启示与感悟，引发我们的怎样的思考与追问。这就不由地又想起了那位康拉德·艾肯，他所说的"向自己本身朝圣"究竟是什么意思呢？海德格尔也曾说过："诗人的天职就是返乡。"杨吉军，还有一些如他一样钟情与荒地与飞鸟的诗人，那些怀抱着深邃的"苦寒"与无边的"孤寒"的诗人，不正是走在了朝圣和返乡的路途之中吗？

　　刘斌，安徽省文艺评论家协会会员，淮南市文艺评论家协会副主席，在《世界文学》《安徽文学》《诗探索》《诗歌月刊》《诗潮》《阳光》《西湖》《红豆》《文艺报》等发表作品，曾获《诗探索》"首届中国新诗发现奖"、《安徽文学》第二届年度评论奖等，著有文学评论集《美的邂逅》等。现为《中国诗刊》编委、《长淮诗典》副主编。